张希民画集

化学工业出版社

北京

U0116175

本画集汇集了张希民先生四十多年来的创作精品。其中包括素描作品和油画作品，共近70幅。作品创意新颖、视角独特，可供美术类的学习者参考阅读，也可供美术教学的老师参考使用，同时可以供美术类考生学习借鉴。

图书在版编目(CIP)数据

张希民画集/张希民绘. —北京：化学工业出版社，2007.10
ISBN 978-7-122-01208-1

Ⅰ.张… Ⅱ.张… Ⅲ.①素描-作品集-中国-现代 ②油画-作品集
-中国-现代 Ⅳ.J221.8

中国版本图书馆CIP数据核字（2007）第151438号

责任编辑：李彦玲　　　　　　　　　　　　装帧设计：尹琳琳

出版发行：化学工业出版社(北京市东城区青年湖南街13号　邮政编码100011)
印　　刷：北京市彩云龙印装有限公司
装　　订：三河市万龙印装有限公司
889mm×1194mm　　1/20　　印张 2　　2007年10月北京第 1 版第 1 次印刷

购书咨询：010－64518888　　（传真：010－64519686）　售后服务：010－64518899
网　　址：http://www.cip.com.cn
凡购买本书，如有缺损质量问题，本社销售中心负责调换

定价：35.00 元

序

许多年前，在比佛利一栋豪宅中观赏朋友的得意收藏，这家夫妇每年都会游历几个不同的国家收集他们钟爱的古董和画作。突然，一幅《渔家女》的油画令我怦然心动。黎明的海面寂寥无际，波光粼粼，到处泛着银色的青辉。端坐的少女，香发轻拂，微风荡漾，丝网状的薄纱香肩斜搭，丰腴坚挺的酥胸在波光掩映青辉浮动的背景下赫然呈现在你的眼前，令人难以置信。画家竟以淡灰蓝的调子把少女的身体描绘得如此美轮美奂，笔触柔和细腻得令人振奋不已。古希腊传说海妖的歌声极具魅惑，令很多海上游人意荡神迷，魂不守舍。那一刻，我真的相信世上真有如此魅惑心智的神力。

什么样的天才审美感悟，什么样丰沛泽荡的激情，什么样铭心刻骨的经历，才能用如此独特的技法把美刻画得如此感人至深，灵光四射？而这幅令人震惊的作品的作者就是北京的画家张希民先生，绘于20世纪七十年代，在那个中国大陆还没有改革开放的年代。

张先生酷爱绘画，为之废寝忘食、如痴如狂，终身从事他所挚爱的绘画基础教学和油画创作工作。他的作品多为风景和人物。多年的生活体验和艺术探索，使张老形成了自己的画风：清新，独特。他的风景画堪称神来之笔，用调色刀随意浓浓地抹上几笔，就把其独到的感觉活灵活现地呈现出来。虽然是纯粹油画的技法，却见中国写意泼墨的风骨；虽有枫丹白露巴比松画派的丰富色彩感和光学瞬间的表现，却完全没有点彩派刻意的雕饰，极具大家风范。典型作品如：《风雨季节》、《大地母亲》、《人与自然》、《人猫情》、《天神》等。

前面提及的那幅《渔家女》可谓是张老人物作品的典型之作。纵观西方美术史，人体绘画几乎无一例外地使用接近本来的肉色，张老却大胆地使用清淡的灰蓝色或青绿色，把女性肢体表现得如此光滑细嫩，美得至真至纯，毫无张扬的肉欲。我曾推测张老大半生历经那政治动荡的年代，是否是这长年的环境造就了这样表面平静、冷淡甚至有些压抑，实则内心激情澎湃的画风。既有提香式的细腻写实又有梵高式的激情灵动，并吸收了印度线条灵动的东方元素。

画如其人，当你翻完了这本画册，静静合上眼帘，你能想象到吗？这一张张略带压抑的柔美的作品，其缔造者的人生也是一幅坎坷起伏、波澜跌宕的伤痕文学丹卷。深信张老的传奇人生呈现在你面前的时候，一定会令你震惊，感动得落泪。"帝高阳之苗裔兮，朕皇考曰伯庸"。张老系出名门，其家庭成员多为当年的北京政要，但张老天性淡泊功利，终生致力于艺术修养，深居陋室而不堕青云之志。他的画作、他的创作和教学理论就是他多年艺术追求的写照。张希民先生将陆续出版《论绘画的整体》、《绘画学习问答》、《秃儿的人生故事》等作品。

　　我曾向张老解释我对他作品的理解，他很奇怪我这样一个每天忙着核算利润，终日奔走于各国经济金融都市的商人竟然对他的画作有如此贴切的理解，立刻把我引为无话不谈的知音。每次和张老的长谈都使我忘却了都市的奢华奔忙，商场的纷杂和重负，得以重新回到清新自然的人的状态。由于工作的缘故，我的朋友多是各国的政要、企业家、好莱坞的艺术家，而张老是我最由衷敬重珍爱的长辈，无论工作多繁杂，我必定是张老新作的第一个观众。张老婉拒了许多名人的好意，坚持他的作品集的序一定要由一个普通的观众，最了解他的知音来写。因此敢不揣浅陋，是以为序。

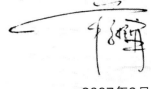

2007年9月

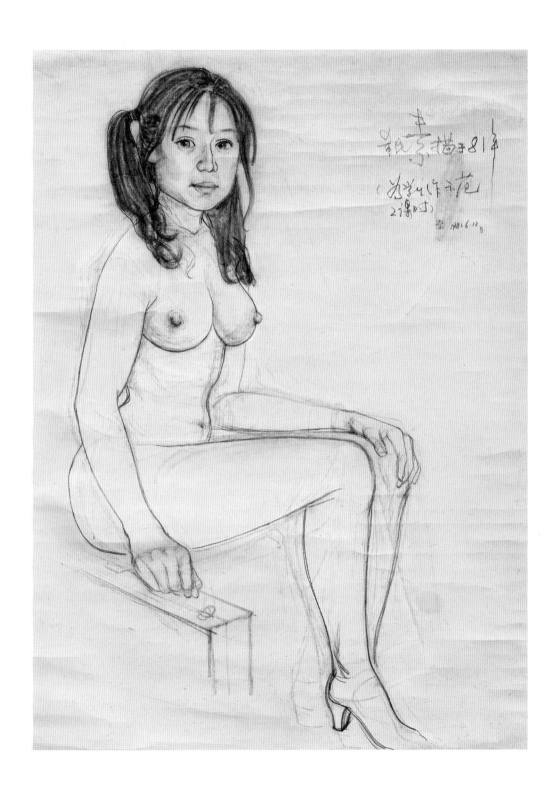

纸上素描于81年

（考学习作示范

2课时）

1981.6.12.

希民 九七三、八.

《晨雨》

希民
2001年作

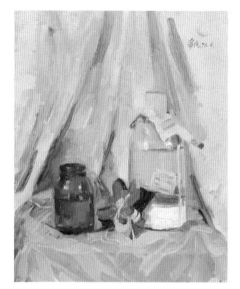

81.2.

一九六四·八·画于工艺学院